사랑하는 사람 당신

續 사랑하는 사람

시가 있어
마음이
아름다워지는
삶

사랑하는 사람
당신

續 사랑하는 사람

주재욱 지음

인 사 말

시인이 아니더라도 시가 좋아 시상(詩想)이 떠오르면 기록을 하였다가 정리하였습니다.

『사랑하는 사람』 1집은 사랑하는 아내의 칠순(七旬) 때 아내에게 선물하였고 300부를 이웃과 친지들에게 나누다 보니 일찍이 다 없어졌습니다. 그 뒤로 계속 써 온 것이 또 한 권 분량이 되어 사랑하는 아내와의 결혼 50주년이 머지않아 때맞추어 금혼식(金婚式) 선물로 생각하여 정리하였습니다.

1집 발간 후 5년여의 세월, 길다면 긴 세월인데 그 사이 옛 친구와 친지들 중엔 세상 떠난 이도 있고 또 자연재해가 지구를 몸살 나게 하는 등 세월이 흐른 만큼 아득한 추억 속에 많은 변화가 있었습니다.

인생 팔십을 살다 보니 이제야 철이 들 것 같은데 아직도 한참은 더 인생수업을 해야겠네요.

그간 삶의 진솔한 이야기들을 시라는 이름을 빌려 정리를 하였습니다.

아내로서 할 일을 다하여 희생적으로 가정을 지켜 준 아내가 있음을 감사하면서도 잘해 보려고 해도 그때뿐, 같은 마음과 같은 생활을 쳇바퀴 돌듯 돌고 돌아온 것이 오늘의 삶이 되었습니다.

오십 년 세월을 동반했고 앞으로 더 사는 날까지 동행할 사랑하는 아내가 곁에 있어 준 것만으로 행복감을 느끼며 살고 있다는 사실, 말없이 자기 일 다하는 아내가 애처로워 사랑할 수밖에 없는 아내이자 연인(戀人)이 있기에 복에 겨워 살고 있음을 축복으로 알고 감사하는 마음으로 즐겁게 살아가고 있답니다.

시에 관한 한 아마추어입니다.

일상생활에서 느낀 소감을 시라는 이름으로 표현하는 것, 시인이 아니라서 시라는 이름을 빌려 쓰는 것, 죄송함을 느낍니다. 그냥 시가 좋아 시를 쓰는 사람으로 기억해 주시기 바랍니다.

그래도 토목인으로서 항만기술분야에서는 국가자격 전문기술자(P.E.: Professional Engineer)로 아직도 그 분야에서 활동하고 있습니다. 시가 좋고, 시가 있어 생활에 윤택한 활력소가 되어 준 것에 감사함을 느끼며 살고 있습니다.

또 한 번 시라는 이름을 빌려 1집인 『사랑하는 사람』의 속간으로 2집 『사랑하는 사람 당신』을 역시 직접 찍은 사진을 곁들여 출간하여 아끼는 사람들과 나누어 읽고 싶은 마음에서 결혼 50주년 금혼식을 맞아 사랑하는 아내에게 선물합니다.

읽어 주시는 분들이 이 책에 공감을 가진다면 더 없는 축복으로 알겠습니다. 감사합니다.

2014년 금혼식을 맞아

주재욱 드림

차 례

3. 건설 기술인

4. 산다는 게 그런 거랍니다

5. 사랑의 편지

1

사랑하는 사람 당신

사랑하는 사람 당신

결혼 오십 년 반세기
동반하여 오늘이 있음을 감사합니다

늙수그레한 할머니 할아버지
되돌아보니 힘겨웠던 삶의 연속
무던히도 참고 견뎌온 긴 터널 속을 지나온 세월
변치 않는 당신의 사랑
오늘에 왔음을 되새겨 감사합니다

갈 수도 없겠지만
되돌아가고 싶지 않은 지난 시절
아련한 추억으로 남으니 추억으로는 아름답습니다

믿음으로 서로를 지켜 왔기에
이 자리에 서 있습니다

어려웠던 그 시절
따뜻한 위로가 용기 되어 열심히 살았고
신뢰가 쌓여 오늘이 있다고 회고합니다

희생으로 살아온 당신의 헌신
시리도록 애처로워 당신을 지키리라 다짐합니다

노년의 황혼 길
외롭지 않음도
사랑하는 사람 당신이 곁에 있어서이고
사랑하는 사람 당신과 동행해서입니다

오 늘

오늘이 있음은 축복입니다
어제가 이어져 오늘이어도
어제는 갔고
오늘은 탄생입니다

내일은 기약할 수 없습니다
다만
오늘의 최선만이
내일의 축복을 약속받습니다

어제가 이어져 오늘이 오고
오늘이 지나 내일이 되는
해가 뜨고 또 지는 반복 속에
살다 가더라도

오늘의 마무리에
내일의 아름다운 기약이 숨겨져 있습니다

오늘이 있음을 감사합니다
오늘이 가기 전에 축복받은 오늘
오늘에 주어진 일
마무리하고 가야지요

희수(喜壽)

추억이라 되돌아보고 싶다가도
그때로 돌아가라면 되 가기 싫은
암울했던 지난 시절들
일제 말엽
6 · 25 피난 길 이어진 보릿고개
먹고 자고 졸업만은 하고 보자던 가정교사 생활
신혼 초 월세방 폭우
물에 잠긴 신혼살림

오늘 희수 밥상의 만찬
어제는 당신 주선으로 다녀온 일본 온천 여행
지난 긴 세월 이어져
오늘의 희수 맞았습니다

앞만 보고 달려온 세월
우리의 최선으로 오늘을 축복받았습니다
되돌아가고 싶지 않은 세월이기에 묻어 두고
남은 시간 더불어 정겹게 살다 가야지요

아내가 곁에 있어 행복합니다
오늘이 있어 감사합니다

당신 모습 보노라면

쉬고 있는 조용한 당신 모습
늙수그레한 할머니

젊음 어디 가고
그 곱던 얼굴에 주름이 깊음은
세월에 바래서인가

갓 피어날 때 화사함
장미꽃 시드는 모습 떠올라
코끝이 찡해 옴은
자격지심(自激之心)이겠지요

그 어려웠던 그 시절
힘들어도 내색 않고 집안일 도맡아
내조와 성원이 밑거름되어
오늘이 있음을 감사한다오

세월 흘러 동고동락 반세기
오늘의 늙수그레한 모습
내 모습이기도 하네요

남은 삶
후회 없는 삶이자고
당신을 지키겠다는 다짐을 해 본다오

14

우산이 되렵니다

비바람 막아 주는 우산이 되렵니다
아늑한 우산 아래
다정한 모습 보입니다
다정함 바로 축복입니다

눈보라 매서운 칼바람 막아 주는 우산이 되렵니다
그 아래 잠든 평온한 당신 모습 보입니다
밖에는 함박눈
쌓이고 또 내려 쌓이고
눈 위 뒹구는 해맑은 아이들 웃음
웃는 얼굴에서도 행복을 봅니다

모진 비바람에 찢기고
그 기능 다 한다 해도
비바람 눈보라 막아 온
그 희생이 이뤄 놓은
사랑하는 사람
당신을 지켰기에 가슴 뿌듯한 행복감

그 우산 믿고 살아 준
당신 모습 보노라면
무한한 행복감에 흐뭇해 옵니다

2011. 7. 30. 북유럽 여행에서

15

산 책 길

손녀 등굣길 길 건너 보내고
탄천 길 개울 따라
중앙공원 한 바퀴
아내와 동행하는 아침 산책길

탄천가 풀섶
영롱한 이슬 구슬 되어 햇빛 받아 부시고
텃새 된 오리형제
한가로이 물살을 가른다

공원 오솔길
꽃들 피고 지고
사계절 그곳에 오가는 사람 반긴다

아내의 따스한 손잡고 걷는 산책길
벤치에 앉아 따끈한 커피 한 잔
살아온 세월 속 추억 추억들
한자락 추억의 모퉁이에 들어선다

정다운 대화
삶에 지쳐 쫓기어 여기까지 왔는데
언제 대화 한 번 있었던가
화려함보다 다소곳한 정감
이 순간이 정녕 바라던 행복이려니

시원한 산바람 강바람
맑은 공기
건강 그리고 행복
아침 산책길
숲 속에서 합창곡이 귓가를 흐른다

당신의 아픔

당신의 아픔
내 아픔보다 더 아픔 되어
가슴 시립니다

사랑하는 사람이라
내 아픔으로 다가와
눈시울 뜨겁게 적시네요

사랑하며 살아왔고
오늘이 있음 축복이라 위안 삼고
또 행복했기에
당신과의 삶 소중하여
간직하겠다면서 투정으로 살았습니다

당신의 아픔
내 아픔 되어
뒷모습 보노라면
하염없이 흐르는 눈물로
당신 모습 볼 수 없네요

언젠가는
누구라도 먼저 가야 하는데
먼저 가면

남는 당신의 서러운 모습 애처로움으로 떠오르고
홀로 남으려니 혼자가 외롭고 서러워
날마다
옛일 되새겨 헤매일 모습 떠올라 안타깝네요

당신의 아픔이
내 아픔입니다

사는 그날까지
사랑 주고받으며 살아야지요

당신의 사랑

내 아파함에 더 힘겨워하는 당신 모습 보노라면
행복함으로 눈물이 흐르네요

진정
사랑이란 표현이 없어도
서러워지는 약한 마음에
더더욱 행복으로 눈물이 흐릅니다

인명은 재천
언제 먼저 가는지는 누구도 모릅니다

살아온 동안
조금만 거슬려도 불만이었는데
당신의 서러워하는 모습에서
사랑 되어 다가옴
가슴 미어지도록
아픔으로 되돌아옵니다

사랑하면서도
한마디 전하지 못하는 바보스런 일상
오랜 관습 속의 우리네 인색한 표현

내 아픔보다 더 힘겨워하는
당신의 사랑
당신의 측은한 모습에서
행복을 봅니다

눈 물

지금 눈시울 적셔옴은
외롭거나 슬퍼서가 아닙니다
항상 곁에서 지켜주는 당신에게 보내는
감사의 표시입니다

또 지금 흐르는 눈물은
절망하거나 불행해서가 아닙니다
그간 살아온 당신과의 삶이
행복해서 흐르는 눈물입니다

인생살이 돌고 돌아
당신과의 동행 오십 여년 긴 여정(旅程)
오늘이 있음에 감사의 눈물입니다

못다 한 사랑
두고 두고 갚으며 살겠다는
의지의 눈물이기도 합니다

오늘의 이 축복
오래도록 간직하겠다는
다짐의 눈물입니다

2

꽃의 노래

해 당 화

동해 바닷가 백사장
바다 바람 벗이 되어
분홍색 꽃잎
하늘하늘 날개를 단다

모래 바람 맞고 자랐고
갯바위에 부서진 흰 포말
폭포수 되어 덮쳐 왔어도
힘들었던 세월 고스란히 안고
명사십리 지켜온 해당화

아무나 유혹하지 말라는
님 향한 일념으로 속내에 가시를 품고 산다

오로지 일편단심
후손 사랑하는 마음
밤톨만 한 열매 품어 희망 안고
철조망 걷히는 날
부모형제 자유로이 상봉하는
훗날 그날을 고대한다

분홍 꽃잎 해당화
그날을 기다리며
오늘도 하늘하늘 날개를 단다

진달래꽃

다소곳이 웃음 머금고
부드러움 어머니 품 안 같아
어쩌면 사랑하는 당신의
따스한 숨결이 배어 있는 꽃

분홍꽃잎
바람에 나부낌
당신이 부르는 손짓인가

푸근함이 있어
봄이 오면
기다려지는 꽃으로 태어나

온 강산을
온화한 물결로 감싸 안는다

당신을 닮아
해맑게 웃어 주는 꽃

움츠렸던 가슴
눈 녹듯 녹아내림
고향의 추억이 담겨진
티 없는 웃음이 있어서인가

목 련 화

눈보라 매서운 바람 딛고
기다리던 보람인가
눈에 시린 해맑은 드레스 입고
목련화로 태어났습니다

새봄 맞아
행여 님 오실까
곱게 단장하였습니다

겨우내 밤낮을 일념으로
힘든 기다림이어도
환한 웃음 수줍게 품었습니다

지나고 나면
빠른 게 세월인데
기쁜 시간 잠시 스쳐지나 여운만이
그림자 되어 남지만
기다리는 시간 지루하여 견딤 힘들어도
목련화로 태어남
자랑으로 뿌듯합니다

이 봄 가면
아련히 기억에서 흐려진다 해도

다시 오는 봄날에 화사한 웃음 머금고
다시 태어나는 희망이 있습니다

제 비 꽃

봄볕 내리쬐는 언덕바지
강남 꽃소식 안고
사뿐히 앉은 제비꽃

봄바람 스산한 추위
가냘피 떨고 있어도
이어져 온 작은 꿈
봄을 전하는 전령으로

스스로 이룬 노력에
원망도 실망도 아닌
조그마한 행복 찾았음인가

희망의 봄 다시 맞아
오늘의 작은 소망 그대로
오늘에 감사하고
봄소식 전하러 다시 피어난 제비꽃

부용화(芙蓉花)

내면에 간직한 푸근함
화려하지 않아도
넉넉하고 아늑함 배어 있어
후덕한 아낙의 상징으로
부용화로 피어났습니다

신세대 유행에 쉬 휩싸이지 않는
꿋꿋한 절개를 속내에 품어
사대부 안방마님
종가의 며느리로 점 찍혀 왔습니다

해맑은 웃음
외모에 연연치 않아
태어난 모습 그대로
고운 미소로 인사합니다

옛날
그 모습 그대로 이어 간다고

해국(海菊)

동해 최동단 쪽빛바다
우뚝 솟은 섬 독도
어두움 열리자 붉은 새벽 햇살 먹고
맑은 웃음으로 피어난 해국

태고의 모진 비바람
거센 파도 물보라 맞고도 견뎌온
그 오랜 옛날
우리 조상의 얼 이어
지켜온 꽃이어서 자랑스럽습니다

뱃고동 소리
괭이갈매기 울음 자장가로
억겁(億劫)의 세월을 태초부터 독도 지켜 왔습니다

바위틈 비집고 자리한 긴 세월
해국은 독도가 우리 영토임을 알고 있습니다

차마 말이 나오지 않아서인가
바닷바람에 하늘하늘 손짓만 합니다
어쩌면 답답하고 억울하여 가슴 치는지 모릅니다

섬 고유의 꽃으로 피어나
우리 섬의 지킴이임을 자랑으로
대대로 이어 가며
해마다 해맑은 웃음 머금고
독도 지키러 피고 또 피어납니다

낙화(落花)

꽃눈이 내린다
꽃잎이 꽃눈 되어
남에서 오는 바람 타고
사뿐히 내린다

한 시절
화려한 때도 있었겠는데

방향도 없이
어디로 가려나
가는 곳 어디어도
할 일 마치고 떠나는 길
홀가분한가

쌓이고 또 쌓이고
낙화 또한 꽃이거늘
소복이 쌓인 꽃잎 융단 위
님 꼭 껴안고
뒹굴었으면

꽃잎 가는 모습 아름다워
내 삶 가는 길
꽃잎 되어 가고 싶어라

3

건설 기술인

건설 기술인

동트기 전 일어나
초승달 기울어야 귀가하는 어느 건설 기술인

맡은 일 막중하여
현장점검 품질관리 안전관리 그리고 자기관리
일에 시달리고 민원에 수모 참고
자책이 더 힘들어도
한 가지 희망
시한(工期)이 있어 마무리 보고자 책임감으로 버팁니다

가정 떠나
아내 아이들 눈에 선해도
부모 친구 뒤로 두고
휴일은 강 건너에나 있고
휴가는 몇 년째 반납한 채
작업에 만족 불만은 아니어도
사명감 책임감 성취의 보람으로
신명 나 동분서주합니다

누군가 해야 하고
사나이로 할 만한데
책임감 없이는 하루도 견디지 못합니다

이들이 있어 현재가 있고 발전이 있었고
글로벌 시대에 미래도 보입니다

세계화에 앞장서 가는 자부심
고되고 힘들어도
천직으로 살아가는 건설 기술인

콘크리트의 변신

석회(石灰)의 몸이
구워 부서져 가루가 시멘트로 탄생하고
시멘트는 모래 자갈 물과 섞이어
콘크리트로 변신한다

액체에서 거푸집 형태에 따라
강을 건너는 다리로
때로는
농공업용수의 저수지 둑으로 다시 태어나

우리 삶으로 다가와
건축물 토목구조에 핵심이자
문명 문화의 중심으로 오랜 세월 자리해 왔다

콘크리트는 거푸집 형태에 따라 형성되는 고체
우리 인생
삶은 마음먹은 형태에 따라
행불행이 형성되는데
행불행의 거푸집
우리가 가공하기 나름

후세에 길이 남을 명작이 되는가 하면
애물로 태어나 불행한 삶이 되겠지

4

산다는 게
그런 거랍니다

산다는 게 그런 거랍니다

인생살이 살다 보면
즐거운 일 괴로운 일 슬픈 일
착한 사람 만나고 악한 사람도 보는데
별별 일들 돌고 돌아 한세상 살다 갑니다

하늘에 오르는가 하면
갑자기 추락하고

견디기 힘겨워
담배에 술에 세월 지새우고
유혹에 약하여
깊은 늪에서 허우적거리는 때도 있습니다
헤어나지 못하는 인생은
뒷골목 삶이 되겠지요
조그마한 불빛에 불나방 되어 달려들고
희망을 잡으려 안간힘 다해 보고 살아왔습니다

살아 일어서야 하는데
헤쳐 나와 인생을 노래해야 했기에
살아남아야만 소설 속의 주인공이 되는데
이런저런 삶이 인생살이 아닌가요

사는 게 다 그런 거랍니다

입 맞 춤

산고가 멎고 잉태의 기쁨
한 생명 태어나 처음 탄생의 입맞춤을 합니다
자라가는 게 기특하고 귀엽고 대견해
분홍색 볼에 따스한 입맞춤을 합니다

사랑하는 연인에게 사랑한다고
지그시 눈 감고 흐뭇한 입맞춤을 합니다

살다 보면 힘들 때가 많고 안쓰러워
아내에게 위로의 입맞춤도 잊을 수 없습니다

어느 추운 날 밤 떨어진 낙엽
초승달이 기울고 희미한 별빛도 지고 나면
떠나야 하는 마지막 입맞춤이 창 밖에서 기다립니다
생전에 못다 한 일
지은 죄의 용서를 구했는지

환희도 따스함도 흐뭇한 일도 없이
위로나 고통이 멈추는 마지막 입맞춤

누구나 맞는 마지막 입맞춤
일생의 응보에 대비하고
웃음이 배어 있는 편안함으로
마지막 입맞춤도 겸허히 맞아야지요

자화상(2)

차창에 낯익은 얼굴이 비친다
늙수그레 초췌한 모습

어디서 무얼 하다
여기까지 흘러 왔는지
세월에 실리어 도망치듯 달려온
기나긴 세월들 뒤로 뒤로
열차에 실려 지난 세월로 이어져 지나가는 인연
자신과는 먼 거리에 살고 있는 어느 삶인가

그래도
살아온 삶
뒤돌아 볼 짬도 없이 앞만 보고 뛰기만 했던 세월
최선을 다해 살아온 지난 시절이어서인가
사랑하는 아내
또 사랑하는 자식들 귀여운 손녀까지
그리고 이웃과 친구들

불행하지만은 않았던 지난 추억 추억들
행복한 날들이 많이도 회상되어
잘살아 왔음에 위안이 되는가

주름 잡힌 얼굴

웃음이 배어나는 모습

차창에 비치는 자화상을 본다

갈색의 의미

산간 텅 빈 배추밭
갈색 낙엽들
갈색 옷으로 갈아입은 나뭇잎
떨어지면 낙엽 되어 어디론가 떠나야 하는
갈색은
한 해의 이별을 의미합니다

오솔길 따라 갈색 낙엽 밟고
그 낙엽 위를 뒹굴던 아련한 추억
그때는 연인과의 새로운 출발이었습니다

갈색은 한 해가 간다는 신호이자
갈색은 한 해 마무리의 물음이기도 합니다

덧없이 살다 가면
낙엽으로 떠난다는 의미를 지니고 있습니다

산장 카페에 앉아
갈색 커피 한 잔
한 해를 되보고
갈색이 희미하게 사라져 가면
산까치도 하루 일을 마치고
둥지로 날아갑니다

갈림길

산 넘어 갈까
강을 건널까

배신한 원수 같던 친구 녀석
만나야 할까
말아야 하나

재테크한다고
펀드냐 저축예금이냐

갈등에는 유혹도 뒤따라
갈림길에서 해법을 고심한다

순간의 향방
종점에 서서 보면
선택의 차
광안대교 길이인가
인당수 물길보다 얕을까

기 다 림

삶이 지치고 힘들어도
현실은 외면하지 말아야지요
삶은 가꾸기 나름입니다

오늘 못다 한 일
최선을 다하고
내일을 기다립시다
기다림에는 희망이 있습니다

나뭇잎 떨어진 목련
나목(裸木)으로도
부끄럼 개의치 않고
겨울 추위 힘겨워도 참아 견딤은
속내에 품은 꽃망울 있어서이고
봄이 오면
화사하게 피어나는 약속이 있어서입니다

그 약속이 있기에
목련은 추억을 아련히 되새기며
다시 오는 봄을 기다립니다

어느 봄날의 합창

처마에서 고드름이 녹아내리던 날
연분홍색 꽃바람이
햇빛 내리쬐는 남향 창문을 두드린다

겨우내 잉태한
산수유 꽃망울
터진 틈새로 노란 뱃살이 뾰족이 나오고

봄빛 받아 무르익은
목련 꽃봉오리
봄바람에 버들강아지 솜틀이 흩날리자
흰색 블라우스 사이로
속살이 간지러워 호들갑을 떤다

겨울이 지나
기다렸던 계절이 다가와서인가
참새도 둥지를 틀고
산에서 들에서 봄꽃들의 합창
봄기운에 움츠렸던 민들레 아씨의 기지개
마음이 녹아내리는 노래로
합창이 되어 메아리 되어 산천으로 퍼져 나간다

죄와 벌

전생에서 이어 온 죗값으로
벌을 받나 봅니다

모정의 배반
어린 손녀가 애처로워
가슴이 답답한데

요즘 세대 자식들 부모 대하는 태도 한스러워
죽고 나서야 불효 후회하려는지*

이도 모두 다
전생에서 지은 죗값인지
살아오면서 지은 죄의 벌인가

신세대들의 불손
남의 일만도 아닌 것을
아무리 배워도 사람은 됨됨이 먼저인데

가난하더라도
정겨운 삶 사는 꿈
밤마다 찾아 헤매며 여기까지 왔는데

————————

* 不孝子 父母死後悔朱子 十悔訓 中

누구 탓도 아닌
바로 내 탓
팔십이 눈앞인데
죗값인가 벌을 받는 건가
살아온 삶 복에 겨워
시샘을 받나 봅니다

흰 눈 세상

눈이 옵니다
눈이 왔습니다
온통 대지를 덮었습니다
함박눈 꽃이 내려
하얀 세상이 되었습니다

펼쳐지는 세상이
하얗게 하얗게 변하였습니다

흉물을 덮고
허물을 덮고
그동안 너무 변한 세상도
흰색으로 덮었습니다

근심 걱정 시름
이대로 흰 세상으로 남으면
학이 되어 흰 세상으로 떠나는
흰색 꿈을 꾸었으면 좋겠습니다

눈에 덮인 세상이
우정의 배신도 동족 간의 싸움이 없는
고향이 되고
어머니 품 안이 되고
어쩌면 천국이 되기도 합니다
흰 눈에 덮여 이대로 흰 눈 속에서 묻혀 눈을 감으면
하늘을 둥둥 떠다니는 신선이 되려는지요

가난한 부자

수전노(守錢奴)는 쌓이는 돈에서
몸을 경련하는 희열을 만끽합니다
악덕 고리채로 어려운 삶마저 짓밟고
가난하다 사람대접 접어 두고
물 쓰듯 방탕하면서
자기과시에 도취되는 부자도 있습니다

필요한 만큼 노력의 대가로
쌓은 조그마한 재물
어느 가난한 배고픈 이에게
밥 한 그릇 주는 마음
기쁜 마음으로 베푸는 왼손 사랑
따스한 마음의 가난한 부자도 있습니다

가난을 슬퍼하지 않으며
부끄럽게 생각지도 않으며
하늘의 뜻으로 운명처럼 알아
화사한 봄꽃으로 피어나는 마음
항상 웃음으로 다가갑니다

부자일 수는 없어도
마음만은 누구보다 가난하지 않습니다

오늘 이 아침에는

아침 공기 상큼한데
웃음 머금고 이 아침을 맞자

어제 일 묻어 버리고
오늘을 새롭게 시작하자

내 업보의 고통 내가 지고
욕심일랑 버리고
마음 비우고
새 마음으로 오늘을 출발하자

세상사 살다 보면
어려움 없으랴만
기왕 살아가는데
혼자서 고통 떠맡는 불행
이제 그만 털어 버리자

어제의 힘든 일은
어제로 두고
오늘 이 아침에는
웃음을 품고 새로운 마음으로
밝은 해를 맞이하자

선 생 님

어릴 적 선생님
우상이셨고
꿈이었습니다

선생이 어릴 적 소원이었고
선생이면 세상 위에 사신다 믿고 자랐습니다

오늘날 어린이
꿈이 없어서인지
폭언폭행도 스스럼없습니다

일부 선생들
매국인데도 애국으로 아는지
거리로 뛰쳐나온 시대로 변했습니다

옛 스승님
밀알 되어
인내와 희생으로 솔선하셨는데
오늘날 선생님 미로에서 헤매나 봅니다

먼 과거 지난 세월
선생님이 꿈이어서
추억으로나마 희망이었는데

늙어 칠순 넘고 나니
옛 은사(恩師)님 그리움만 간절합니다

추 억 여 행

힘겨운 세월이었어도
추억이었기에 아름답게 떠오릅니다

고통 속
굶주렸던 시절
시간이 흘러 과거에 묻혔더라도
어슴푸레 과거의 시공에 멈춰
그리움 되어 메아리로 돌아옵니다

거슬러 추억여행을 떠나 봅니다
다시는 가고 싶지도
되새기기 싫어도
지난날이 환생, 그리움으로 포장되어
물안개로 피어남을 알게 되었습니다

견뎌 왔기에
추억이 되었습니다

추억여행 속에서
남은 여정
슬기로움으로 살아야 하고

아름다운 추억
아름다운 삶에서 비롯됨을 알았습니다

황혼 교향곡

서쪽 하늘
붉게 물들어
황혼은 금빛 구름과 어우러져
교향곡이 되어 펴져 간다

하루의 마감
인생 황혼이 교향곡에 젖어든다

살아오며
겪은 수많은 역경
황혼기에 교향곡이 되어
불행하지 않음은 행복이요
갖고 싶은 욕망이 없음은 다 가진 것이겠지

노을 악곡(樂曲)을 반주로
황혼 교향곡을 노래한다
살아온 인생을 감사하며
또 희망하면서

지나치는 시간 흘러가는 세월

시간은 기다림 없이 흘러 지나갑니다
지나쳐 버린 시간들
덧없이 흘러가는 세월

강물 흘러 바다로 가듯
가두어 이용하여
젖줄 되고
에너지로 변신하고
화려한 강산 되어 우리에게 돌아오는데

이 시간 그대로 가고 나면
내일은 다시 오더라도
지난 시간 되지 않습니다
하루 오 분 노력 십 분 활용이면
시분의 조각들이 쌓여
돈 되고 복 주고
훗날 축복이 됩니다

젊어 허송세월
백발 되어 안타까워한들
살아 있음의 의미 시간의 활용인데
늙어 힘 빠져 시들해지면
흐르는 시간 잡으려 발버둥 쳐도
그때는 시간에 쫓기며 살다 갑니다

비 맞은 참새

처마 밑
비 맞은 참새
비에 젖은 몰골
짹 짹 짹
짹
노래인가 울음인가 몸부림일까

약육강식(弱肉强食)에 밀리고
생존경쟁에 지친 모습
한때의 내가 외치는 모습으로 보인다

지나간 세월
외롭고 지치고 몸부림치고
돈 없고 힘없어 대접받지 못했던 시절

언제부터
등 따스고 배불러 쉬 잊어 망각하는지
참새는 아니어도
망각만이 능사가 아님을
알고 살아가야 하는데

하루를 살더라도

산란을 앞두고
고향으로 돌아가는 연어
산고의 아픔보다 잉태의 희열이 있어
혼신을 다하는 열정으로
거슬러 오름도 보람으로 아는데
신세대들 이런 생존을
구시대 관행으로만 여기겠는가

욕망이 발전을 낳더라도
욕망의 사슬에
우정도 신의도
내가 아니어서 남의 아픔을 후비고
부를 쌓는 많은 사람들
결국 빈손으로 떠나는데

하루를 살더라도
아름다움 간직한 삶
이웃을 알고
아픔을 같이하고
배려하고
사랑하는 삶
최선을 다하는
보람된 삶을
살다 가야지요

살아 있다는 의미

호흡 멎지 않음만이
살아 있다는 의미가 아닙니다

먹고 자고 일어나는 일상생활
살아 있다 하겠나요

꽃을 보면 아름다움
감미로운 선율의 감상
사색에 잠기는 인생살이에서의 깨달음
사람다운 삶에
산다는 의미가 있겠지요

해(害)를 주는 행위
도움 주지 못하는 생활
차라리 죽어주느니만 못한 삶도 허다합니다

하루를 살아 숨 쉬어도
시련 딛고
고난 이기고
땀 흘려 이룬 보람을 만끽할 줄 아는
살아 있음을 감사하는 삶
진정 살아 있다는 의미겠지요

오곡은 익어 숙이는데

산비탈이나
들녘에도
가을바람
풀벌레 노래에
달빛 받아 스스로 잠들다 오곡이 여문다

들판의 수수이삭
익어 고개 숙이는데
텅 빈 머리
빈 가슴
하찮은 오만과 자존심
익지 않음인가
세대 차일까

이 가을
황금벌판
익어 숙이는 풍성한 오곡 앞에 서서
성숙해지는 자세로
조금만 더
고개 숙여 인생을 바라보자

기러기에게 길을 묻는다

가을이면 이 강산 좋아
날아오는 기러기야
길 잃지 않고 잘도 오가는데

여든을 살았어도
갈 길 못 찾고 헤매는구나

바른 삶 무엇이며
행불행은 어디이고
무엇을 위해 누구를 위하여야 하는 것도

길 잃은 인간들
노사의 투쟁
여야의 비방
분단된 민족의 긴장 조성
무모한 행위 공멸(共滅)임도 모르는지
살펴보면 오랜 한 통속인데

어디에 길이 있고
어디로 가야 하는지
인간이 너희만 못지않음에도
갈 길 못 찾아 헤매고 있구나

죽으면 빈손
한 줌 흙인데
지구공간을 날아다니는 기러기야
암담한 심정 풀 길 없어
너희에게 길을 묻는다

인 생

어차피 태어났습니다
자의는 아니었다 해도

천차만별의 환경
수많은 별들
그중 별 하나
지금의 환경 속에 살고 있습니다

태어나
어떤 삶
어디에서 누구와 인연이 되고
어떤 삶이
보람 있고 즐겁고 또 행복인지 모른다 해도

태어나 살다 가는 인생인데
꽃 보면 아름다움
한 끼가 고마움을
땀 흘린 대가 수확의 기쁨을

어느 인생
유혹에 후회 속 삶도 있고
태어남을 원망하여 고통으로 몸부림치는
아픔으로 살아가는 인생도 있답니다

인생길은 스스로가 만들어 간답니다

어차피 태어났습니다
살아가는 인생입니다
기왕 사는 인생

조금이나마 즐겁고 즐거움을 주는
삶을 만들어야 하지 않을까요

기 찻 길

산굽이 돌아 흰 연기 뿜으며 기적 소리
레일에 귀 얹고 듣던 철마 소리
철로 줄타기 뛰놀던 어린 시절

코스모스 피던 어느 가을 고향 기찻길
차창에 얼굴 묻고 못내 울음 터뜨려
떠나간 순이의 모습도 기찻길에 스며 있습니다

고향이 그리우면
기찻길에 서서 어머니 모습 그리던 그 시절
이제는 아득히 먼 추억으로 떠오릅니다
금의환향의 꿈도
이별의 애환도
6 · 25 피난 시절
남으로 남으로 줄지어 떠났던
기찻길의 아픈 추억도 있습니다

기차를 타면 새 세상으로 떠날 것 같은 뿌허연 희망들
선로에 서면
추억만이 아지랑이 되어 피어올라
옛날이 아련히 되살아납니다

무념(無念)

머리가 텅 비어
아무런 생각이 없다
절실함도 절박하지도 않은 공허

사고(思考)는 무중력이어서
바람이 불면
일엽편주에 실린 마음이라
정처 없이 떠나버릴 것 같은
떠나더라도 후회롭지 않을 덤덤함

차창을 스치는 황금벌판
노을에 물든 가을 풍경에도 무념인가

이 순간만은
다툼도 욕망도 그 아무것도

조용히 흐르는 음악에 눈꺼풀이 무거워진다
이대로 잠들면 행복할까

오솔길

오솔길 따라 나서면
산 너머가 고향이고
반가이 맞아 주시던 어머님 모습 아련하다

오솔길 너머
무지개 좇던 어린 시절
무지개 타고 노 저어 가면
낙원에 가리라는 꿈에 젖는다

낙엽 쌓인 오솔길 걷다 보면
훌쩍 떠나고 싶은 설렘이 앞선다

오솔길
어릴 적 꿈이었고
희망이어서인가
오솔길 너머에서 고향이 손짓한다

비 맞으며 걷던 오솔길
그리던 고향
따스한 어머니 숨결이
그 속에서 피어오른다

강물은 거스르지 못합니다

시간은 흘러 지나가고
흐른 강물은 거슬러 오르지 못합니다

흘러간 세월
흐르고 다시 그 시간 오지 않아
추억으로 아득히 그 자리에 남아 손짓만 합니다

흐르는 물이 되어
가보고 싶어도
지난 세월 다시 가지 못합니다

지나친 세월 과거 그 자리에 머물지만
허물로 남는 아픔
오랜 세월 고통으로 남습니다

아름다운 추억이고 싶어
흐르는 세월에 손을 씻고 마음도 씻고 또 씻고

오늘이 아름다워야
지나고 나면 아름다운 추억으로 남는 의미로 간직되는데

산다는 것

비 오면 제 설움에 눈시울 젖고
바람만 불어도 벗은 듯 한기를 느끼는 현실
어쩌다 날 개이면 기쁨이 되어 오는 변화 속에 서 있습니다

행운은 노력 끝에 맞아 주는 여신(女神)이듯
소금이고 싶었고
촛불 되어 비춰주고 싶은 때도 있으련만
이루지 못한 삶의 서글픈 시절도 있었답니다

힘들면
희망을 갈망하여 허우적였고
희미한 불빛만 비춰도 행여나 달려갔습니다

산다는 것
편안만 하면야 낙원이지요
나이 먹고야 철이 드는지
인생살이 바람 앞 촛불임을 실감했는데
이제는 지쳐서인지 그것마저 모르겠습니다

어려웠던 삶 되씹어도
절망만은 않아야 한다고
희미한 불빛
한 번 더 비춰진다면

불나방 되어 마지막 돌진으로
생각하고 실천하여 성과 거두는
산다는 것 실감하겠는데

땅 끝

우리나라 남단(南端)
해남 땅끝
바다가 하늘과 맞닿아 땅끝인가
더는 걸어갈 수 없어 땅끝인가

노을이 하늘과 바다 온통 물들이고
가없이 트인 바다
점점이 흩어져 솟아오른 섬 섬들
아득히 먼 노을 건너편
분명 새로운 세계가 펼쳐질 것 같은 기대감

땅끝의 오묘한 조화에
찌든 삶 지친 마음 녹아내려
누군가를 용서하고 싶고
누군가에게 용서받고 싶어지는 이곳 땅끝

갈매기도 노을에 붉게 물들어
둥지로 날아가고 나면
하루해 땅끝 너머로 사라진다

오늘의 마감
내일의 시작이요
이해의 마감은

새해로 이어지는 세월의 바퀴에 이어져
땅끝은 종말이 아닌
분명 새로 태어나는 삶임을 일깨워준다

새 해 아침에

어김없이 새해 첫날의 해는 솟았는데
지난해
무엇을 하고 무엇을 얻었는지
또
새해에는 무엇을 하려는가

목표 없는 새해 출발
희수(喜壽)를 맞아 나이 탓은 아니리라

먹고 놀고 자고
지나가는 세월이라지만
인간이라 지각(知覺)은 있어
동물과는 달라야겠기에
백호(白虎)의 해에
슬기로운 계획 실천만이 보람으로 남는다고
조바심이 앞서는 게 허(虛)해서 일까

새해 아침 서설(瑞雪)이 내린다
축복이라 마음 고쳐먹고
희망으로 새해 아침 가볍게 출발해야지
조그마한 일이라도 성사(成事)하자고

작은 목표 작은 희망

새해가 오면 작은 목표를 세우렵니다
한 해가 가기 전
노력만큼 결실이 기대되니까요

봄비 오기 전
작은 밀알 한 알 심으렵니다
여름내 정성 들여 땀 흘리면
가을에 익을 열매 풍성함이 보람으로 돌아옵니다

봄비 오는 어느 날
코스모스 한 포기 앞마당에 심으렵니다
올가을에는
창 너머 높푸른 하늘 아래
꽃들이 모여 속삭이듯 나부끼는 생생함을 볼 테니까요

작은 목표가 작은 희망입니다
희망이 있어 절망은 없습니다
작은 목표 달성 의지 보람이 있습니다
인생 사는 길
희망은 힘들어도 낙원으로 남고
절망은 삶에서 방황이 되풀이됩니다
희망이 있기에 뜻을 이루는 기쁨이 이어지고
작은 목표 작은 희망 삶에서 큰 등불입니다
시작은 작아도 노력의 결실 큰 기쁨으로 다가올 테니까요

눈이 내린다

벌거벗은 나무가 안쓰러워
눈이 내린다
함박눈이 내린다
나목(裸木)들 새하얀 옷으로 갈아입어
흰 눈 세상으로 여행을 떠난다

봄 여름 가을
계절의 아름다움이 추억으로 남아
눈 속에 파묻힌 세상
차라리 눈 속에 묻혀
영면한다면 축복이겠는데

눈이 내린다
함박눈이 쌓인다
목적 없는 정쟁(政爭)
가지가지 흉악한 죄악
나무처럼 벗겨진 치부가 부끄러워
눈이 쌓여 새하얀 색으로 덮는다

눈이 내린다
함박눈이 하늘하늘 춤추며 내린다
눈길 따라 연인의 발자국 밟아가던
흰 눈 위에 사랑노래 들릴 듯한데

눈길 저 멀리
그 시절 그리웠던 추억
세상사 훌훌 털어버리고
눈길 따라 길이나 떠나보자

무엇을 남기고 가시려나

꽃은 지고 시들어도
지난여름 한 해
화려한 추억으로 아련한데
시들어 초라해진 모습
살아온 삶이 보람이었다면
가는 길 외롭지만은 않으련만

호의호식(好衣好食)은 아니어도
한 끼를 감사하고 즐겁게
빈 마음 흐뭇함으로 가득 채워 살았다면 축복이었겠지

살다 언젠가는 가는 인생
신의(信義) 저버리고
물욕(物慾)에 얽매어 살아가는 어느 삶
욕되게 사는 인생 안쓰럽구나

들풀만도 못할 마지막 몰골이 떠올라
연민(憐憫)이 앞서는 것 부러워서만은 아니리라
살다 가는 모습이야 삶에 따라 다르더라도
빈손으로 떠나야 하는데
무엇을 남기고 가시려나

운명이라 생각한다면

먼 길 홀로 외롭고 힘들어도
가는 길 운명으로 받아들여
쉬지 말고 나아가세요
힘이야 들더라도 목적지 저만치서 희망이 손짓해 줍니다

고통받아 힘들고 지치더라도
운명이라 생각한다면
그 고통 참고 최선(最善)을 다하세요
홍역처럼 앓다 지나가
행운의 여신이 살포시 다가와 안아 줍니다

더러는 주어진 운명 거부하다가
실의의 늪 헤어나지 못하는 인생도 있습니다

운명이려니 받아들여
슬기로운 긍정적 지혜로 헤쳐나간다면
고통이 밀물 되어 밀려오다가
아픔만 썰물에 쓸려져 나가는 기쁨 누릴 수 있답니다

베풂의 대가

베풀지 않으려거든
베풀어 받기 기대하지 마세요

씨 뿌리지 않은 들에서는
수확이 없습니다

베풀었는데 되돌아오지 않아도
원망을 마세요
베푸는 마음
미덕(美德)으로 마음의 보상이라
대가(對價)는 없습니다

베풀어 받았다면
은혜로 갚으세요
갚지 않고 사노라면
평생 빚으로 마음에 남습니다

동장군(冬將軍)

풀지 못한 여한이 남아
마지막 가는 길인데
늦추위 눈보라
동장군의 마지막 심술에
갓 피어난 새싹 꽃망울
몇 번인가 몸살을 한다

오래 살겠다는 어느 나라 황제의 욕심
세월 앞에 백약도 무효인데
흐르는 세월 무너져 버리는 현실
자연의 조화 속
주어진 시한(時限) 심술 버리고
슬기롭게
인간다운 삶을 살다 가는 게 어떨까

정다운 사람들

팔짱 낀 노부부 다정한 병원 나들이
그 많은 세월 속의 삶 힘들었어도
마지막 배웅 길 일편단심인가
웃음 머금은 주름진 얼굴 정겹습니다

어머니 손 꼭 잡고 병원 모시는 아들
모자간 모진 생활 힘겨운 때도 많았겠지요
못다 한 효 가시기까지 지키려는지
낳아 길러 주신 정
고마움 배어 있어 그냥 보내기 싫은 애틋함인가

살다가 언젠가 떠나는 길인데
그간의 고마움 두고두고 사무쳐
아쉬운 모습 눈시울 젖습니다

남은 인생 병과 더불어 살다 가는데
아내는 남편
자식은 부모를
정성 들여 모시는 보살핌
정다운 사람들 마음이겠지요

사람이 싫으면
그림자도 역겹다는데

남은 인생 정 다 주고 가더라도
그대로 못다 한 정
훗날 그 시절 한으로 남습니다

정다운 사람들
배려함에 자신도 위로받음인가
위안 주고 위안받고
정다운 마음으로 살다 가야지요

손녀의 일기

우리 손녀 초등학교 삼학년이다
몇 달 앞당겨 입학해서인지
나이를 물으면 삼학년이라고만 한다

손녀의 일기에
오늘을 우리 집 가족의 날로 선포했단다
할머니 할아버지 너무 잘해 주어
감사하는 마음으로 가족의 날로 정했다나
제 용돈으로 선물 사 주겠다고
홈플러스에 가잔다

앞으로 더 잘하겠다고도 적혔다

마음씨 대견해서이고
애처롭다 못해 흐뭇해서일까
착하고 바르게 자라기 비는 마음 간절하다

눈시울 붉어지는 거
늙어서만은 아니리라

솜 사 탕

달콤한 맛 솜사탕
꿈속의 고향이
그 속에 배어 있다

장터 따라나서
졸라 먹던 솜사탕
부러워 따라다니던 녀석들
조금 떼어 주면 해맑은 웃음
달콤한 추억이 녹아 있다

어머니 그리움 묻어서인가
어려서 솜사탕 하나에 천하를 얻었는데

시골장터 솜사탕
어릴 적 녀석들이 그립구나

달콤한 추억의 솜사탕
지난 세월 아련히
그 시절 고향으로 돌아간다

지나간 세월
달콤하게 추억이 되어 솜사탕인가

장점과 단점

조사하고 자료 모아
면밀히 검토하는 절차 거쳐
장단점 비교 분석
계획이 세워지는데

사람이라 누구나 장단점
지니고 태어난다

단점 보이면
장점 숨어들어 생각이 나지 않아

장점만 보이는 연인이라
단점 덮어지는가

인간이란
장점과 단점 사이
속고 속이는 모순에서 살아간다

그 사람의 장단점 모두 보여
이해와 평화 가능할진대

장점 살리고
단점 보완으로

어우러져 조화 이루어 사는 삶에서
인간다운 삶
찾아볼거나

편승(便乘)

우리네 일생(一生)
지구의 자전(自轉) 공전(公轉) 속
멈추지 않는 무한시공(無限時空)의 세월에
잠시 편승하여
머물다 갑니다

봄이 되어 들에 핀 민들레꽃
홀씨 되어 하늘 날아
한동안 편승한 후
할 일 마치고 일대(一代)가 마감되네요

무한시공에 편승하여 달려온 세월
삶에 지쳐 허우적이다
세월에 매달린 채 흘러 흘러 희수(喜壽)되어
어느 정거장엔가 도중하차로 일대도 마감되겠지요

실패와 성공
종이 한 장 차인데
무엇을 바랐고
얼마를 이루어
남은 건 무엇인가

지난 세월
아내와 동행
열심히 살아온 보람으로
그래도 부끄럽지 않은 삶이어서
씁쓸한 웃음이나마
입가를 스쳐 가네요

미 소

아름다움이 속내에 가려져 있습니다
피어나는 꽃향기 머금고
꽃이 되어 태어나는 함박웃음 배여 있습니다

따스한 마음 담겨져
눈웃음으로 대변합니다

원망을 않습니다
질투 시기는 있지도 않습니다
적개심 더더욱 없습니다

구름과 더불어
아름다운 노을 되어
서산 너머
조용히
내일을 기약하는 희망이 그 속에 있습니다

진 실

숨겨지지 않습니다
덮어 버릴 수 없습니다
묻혀 한동안 잊혔다 해도
언젠가 사실로 되살아옵니다

정치인들의 비방과 덮어씌우기
졸부의 부정 치부 득세
한때는 세상을 독차지했더라도
세월이 지나
가리어진 허구들 벗겨져
혹
깊숙이 숨겨졌다 해도
지워지지 않는 양심의 가책은
진실이 살아 있어서랍니다

갈 때는 빈손인걸

사노라면 그렇고 그런 게 인생이랍니다
다람쥐 쳇바퀴
돌고 돌아도 제자리
내려다보면 인생도 쳇바퀴 삶인데

수단 가리지 않았고
때로는 운이 좋아 졸부로
세상 차지한 착각 속에 사는 어느 인생
부자와 가난한 자 한 치 차이랍니다

먹고 사는 데 차이야 있다지만
하루 세 끼 먹고 살아갑니다

덕망 쌓고 보람된 삶
부러움과 존경받는 길도 있습니다

욕먹고 불안하게
재물 보화 움켜쥐고 살다가
억울해 떠날 수 있나요
갈 때는 빈손인걸

희망이 보입니다

하나가 되었습니다
하나로 뭉쳤습니다
염원을 담아 같은 마음
일념으로 목청 높이 외쳤습니다
붉은 물결이 강산을 물들였습니다
그래서 해냈습니다

하나로 뭉쳐
같은 마음이라
하늘도 도와 무지개로 떠올랐습니다

반대를 위한 반대
입으로만 애국을 외치고 행동은 매국하는 행위
당리당략 이권에 매달리는 어느 위정자
사실을 왜곡(歪曲)하는 어느 단체
어느 나라 국민인가
이 함성에 부끄럽지 않은지

국민은 하나가 되었습니다
하나로 뭉쳤습니다
그리고 해냈습니다

이들이 있기에
우리에겐 희망이 있습니다 미래가 보입니다

-붉은 악마-

93

양보의 미덕

늙수그레해 보이는 노인이
굳이 자리를 양보한다
안쓰러워인가
세월에 찌들어 가엾어 보여서겠지

힘들어 보이는 이에게
스스럼없이 자리를 권한다
받는 마음도
흐뭇한지 가슴이 찡해 온다

어린아이도
천연덕스런 해맑은 표정으로
할아버지 앉으시라 고집이다

따스하고 아름다운 마음에
헤픈 웃음
그나마 양보의 미덕이여서인가
늙어도 살맛 나는 세상이라서겠지

우리가 떠날 때

우리가 떠날 때
무언가 두고 가라면
당신은 무엇을 남기고 떠나렵니까

가깝던 사람에겐 정(情)을
후세에는 길이 남을
명성을 남기고 가야겠지요

인생을 마감하고 떠나는 날
무언가 가져가라면
당신은 무얼 가지고 떠나렵니까

손에 쥐어 주어도
혈혈단신
빈손으로 떠나
부장품(副葬品)으로 후세에 전해지는 게
우리네 인생이랍니다

빈손으로 가는데
사는 동안 과욕으로 치부한들
이웃과 후세에 정 두고 간만 못합니다

임관(任官) 오십 주년

고된 훈련과 기합이었어도
장교 임관 그리고 오십 년 세월

귀대(歸隊) 보고
총원 이십오 명
사망 오 명
행불 이 명
이민 사 명
귀대 육 명
불참 팔 명

칠순 넘어 만난 전우들
충무공 정신 이어받아 순직한
천안함 후배 장병들
고이 잠들라 숙연해진다

희끗희끗한 머리카락 주름진 얼굴
그래도 살아 만나는 감격

임관 오십 주년의 환영 전광판 현수막
따뜻한 환대
돌아온 흐뭇함에 눈시울 붉어짐은
세파에 찌든 세월의 본향이어서겠지

가슴 벅찬 전우와의 만남
충무공 후예 됨이 자랑스럽다

아름다운 삶

처마의 고드름 먹고
연두색으로 태어나
빨강 노랑 단풍잎으로 갈아입어
아름다움 속내 감추고
가을 정취 가득 담아 떠나간다면
마지막 가는 길
얼마나 아름다울까요

아름다움
살아 있음을 의미합니다
죽었다 하더라도
오래도록 잊히지 않을 추억으로 간직됩니다

아름답게 보면
온 세상
아름답게 보입니다

아름다운 삶
고통 참고 이겨나가는 즐거움 또 소중함
아름답게 사는 삶
아름다움으로 거두어집니다

종말이 온다 해도

내일 지구의 종말이 온다 해도
오늘 일 오늘 마무리하렵니다

떠나는데
마무리 무슨 소용이냐고요
깨끗한 마무리 마음이 편해서랍니다

하던 일 고되다 해도
마무리 후의 보람
그 속에 행복 배어 있습니다

내일 죽음이 온다 해도
오늘 일은 오늘 마무리해야지요

옷매무새 고쳐 입고
단정한 마음으로 떠난다면
편안함이 무지개 되어
저편 하늘 자락에서 웃음으로 맞아 주겠지요

종말 임박하다
막살다 간다면
할 일 다 못한 것이 되어 마음에 부담으로 남고
후손에게는 짐으로 돌아갑니다

생 존

살아가고자 뒤돌아 볼 새 없이 달렸습니다
누구와의 경쟁이 아닌 생존
자신과의 대결입니다
따라다니는 고통
운명으로 달게 받고 살아남았습니다

먼 훗날에
사람다운 삶 누리려 몸부림도 쳤습니다
후회 없는 내일을 일구려는 일념으로
오늘로 이어져 뛰어 왔습니다

뒤돌아보면 부질없는 긴 세월인데
낙엽 되어 흐트러져 떠나간 세월인데도
인생을 완주하는 마라토너가 되고 싶었습니다

견뎌 오늘에 왔고
오늘이 있음을 감사함은
살아남음이 보람으로 이어져서랍니다

인생의 생존

승자 패자가 아닌 자신과의 무한경쟁 속

거기에 사랑하는 사람 있고

또 사랑할 수 있는 사람 있어

행복을 느끼며 살아남았습니다

열심히 일하는 사람

어디서나 살아남는다는 자연 섭리

생존에서 찾았음인가

말

모양
색깔
냄새 그 아무것도 없는데
던져버린 말 한마디
비수(匕首) 되어 가슴 찌르고
부메랑 되어 되돌아옵니다

온화한 한마디
감동에
평안 오고 기쁨 주고
또 기쁨 주고받고
아름다움으로 포장한 한마디 말
무지개 되어 행복한 날개 달아 하늘을 수놓습니다

기왕에 하려거든
그 말 한마디
용기와 희망되게 하소서

가 을

고추잠자리
높푸른 하늘에 수를 놓는다
옥색 하늘 눈부셔
뭉게구름 한가로이 걸쳐지고
한여름
무덥던 햇살 자락에서 오곡은 익어간다

멈추지 않는 세월에
흘러 흘러 살다 보니
어느 사이 가을이 주변에 물들이고 있는데

해바라기 철이 들어서인가
고개 숙여 큰절을 한다

이 가을 인생살이에서
속내에는
얼마나 영걸이 가려는가

동질(同質)

강바람 매섭게 불던 밤
마지막 남은 억새 씨앗마저 바람 타고 떠나자
강물은 무지개 꿈 품고 변신 서두른다

밤새 문풍지 울어 새더니
산고(産苦) 멈추고
물과 얼음
이질(異質)로 변신
강물 위에 떠서 얼음 되어 자리 잡는다

남녘 꽃바람 꽃소식
매화 기지개할 즈음
햇빛 받은 양지의 얼음
잠에서 깨듯
떠 있던 몸 낮추고는
본래의 강물
동질이 되었다

남과 북
같은 동족 한 조국
수많은 젊은 피의 희생으로 지켜온
한 나라 같은 형제
고향이 지척인데

이질로 변신
보고 싶고 가고 싶어도
오가지 못하는 세월이 한으로 남아 있다

그 한 많은 시절
원수가 아니면서 형제가 원수로

언젠가는
해동(解冬)이 되어 꿈으로 그리던
동질 되는 통일이 오겠지

자 유

병실에 눕고서야 자유의 그리움
병실 창문 밖
푸른 하늘에 걸린 흰 구름
바람 따라 자유로이 오가고
창공을 나는 기러기 떼
평화롭게 나는데

병실이 창살인가
정신은 자유로운데
몸은 어쩌지 못함
고통에 부자유에 수술예정일 준비에
일거일동 자유롭지 않아
엊그제의 자유가 부러워진다

하늘하늘 내리는 흰 눈꽃송이
구속받지 않고 흩날리는 자태
구름 타고 학이 되어 날아오르는 동경에 사로잡힌다

진정 자유
신체만의 자유는 아닐진대
건강할 때 지키지 못한 미련함
자유로울 때 스스로 지키지 못한 갚음으로 돌아오는가

마 무 리

희수(喜壽)해 크리스마스이브
한 해 마무리 눈앞인데
아내 곁에 있고
또 일거리 있어
행복했던 기억으로 한 해 마무리됩니다

새해 아침에 세웠던 계획
차질 없이 마무리되어
짐 벗은 듯 홀가분하려는데
계획에 없던 병고(病苦)
생애 처음
입원과 수술
연말에 수술이라 이도 마무리인가

마무리
새로운 계획을 의미합니다
한 해 마무리
새해 아침의 새로운 출발입니다

마무리의 성과
뿌듯함이 있습니다
홀가분합니다

병동(病棟)

어딘지 편치 않아 온 사람들
평생 건강하다면 축복받은 사람인데
속세(俗世)라
마음먹은 대로 이루어지지 않는 삶 속
살다 보면
육체 지쳐 정신적으로 병고에 시달립니다

견디지 못하여 병동에 실려 온 사람들
작은 병 큰 병
저마다 시름 안고 병상에 눕고 맙니다

인체부위 오장육부
어느 한 곳의 손상이어도
몸뚱이 지탱하지 못하는 인체(人體)

살아 보겠다 동분서주
더 잘 살겠다 몸 돌볼 여유 없다가
서서히 다가온 병마
병상에 눕게 되어 회한(悔恨)에 잠깁니다

병동도 인간사회
인생이려니 주어진 운명이겠지
절망하지 않는 밝은 모습에 위안받습니다

환자 중 연장자라니
그동안 축복받은 삶이었음에
감사하는 마음 앞섭니다

내일의 서곡(序曲)

보리밭 이랑과 이랑
바람 따라 물결 되어 일렁이고
그 너머 먼 산
붉게 물든 하늘이 하루를 마감하기 앞서
산새들 삼삼오오
석양 받아 둥지 향해 부산한데
눈부시게 화려한 석양
하루해가 저문다

하늘과 바다가 맞닿은 수평선
하늘인지 바다인가

지는 해 아쉬워도
석양빛으로 물든 만선의 고깃배
고동 울려 포구 향해 물살 가르는데
붉은색 옷으로 갈아입은 갈매기
둥지로 날갯짓한다

시원스레 펼쳐진 노을
오늘의 못다 한 아쉬움이야 남는다 하더라도
오늘의 마무리
해가 바다로 잠기고 나면
오늘이 가고

내일의 서곡인가
내일의 새로운 출발
희망으로 이어지기 빌어 본다

고드름

장대 들고 처마 밑에서 따다 먹던 고드름
어린 시절 세월 지나
주렁주렁 추억되어 엮어져 있습니다

떠나기 싫어
흘린 눈물이 얼어붙어 고드름 되어 멈춰 섰는가
처마 끝 폭포에도
주렁주렁 매어 달렸습니다

햇빛 따스한 어느 봄날
개구리 겨울잠 깰 무렵
햇볕에 녹아
다시 눈물 되어
계절은 겨울을 떠나 봄으로 이어집니다

겨울을 알렸던 고드름
어릴 적 꿈
그리고 동경
주렁주렁 지난날의 추억으로
창문 밖
발이 되어 처졌습니다

어릴 적 생각에
찡하니 눈물이
이 나이에도
고드름 녹아내리듯 눈물이
희망이 되어 봄이 되 오려는지

해가 솟아 오른다

해가 솟는다
새 아침 해가 솟아오른다
도심은 빌딩 숲 위
산골 먼 푸른 산 위로 붉은 해가 떠오른다

어제도 해가 솟아
하루가 갔고
또 한 해가 가 버린다
지난 세월의 미련일랑 떨쳐 버리자

오늘 이 아침 붉게 솟아오른 해
새로운 출발
행여나 하는 희망으로 받아들여 보자

해가 솟는다
아침 해가 솟아오른다
농촌 들녘 땅과 맞닿은 지평선의 하늘 자락에서
어촌 바다와 맞닿은 수평선 너머 하늘
해가 붉게 떠오른다

이 아침 솟아오르는 해
도시인 각자 일터에서
농부들 일손 바삐 움직여 풍년 기약되고

만선에 부푼 어부의 손길
햇살 받아 희망 안고 새벽 물살 가른다

아 이 들

백합보다 해맑은
장미보다 더 순박하게 아름다운
티 없이 천진스런 아이들
세습(世習)에 물들지 않음
수정보다 맑은 모습으로 태어나서인가

생존본능 생존경쟁
살아남으려 안간힘 쓰는 인생살이

살다 보면
물들고 찌들고 할퀴고
태어났던 본디의 형체 간데없고
삶에 지쳐 우스운 몰골로 변신하며 어른이 된다

속세(俗世)와 무관한 순박한 아이들
웃는 모습 보노라면
어느덧 가슴 텅 비고
마음은 새하얀 나라로 날갯짓한다

그래서
아이들
죽어서도 천사(天使)가 되나부다

봄이 오면

새하얀 드레스 곱게 입고
님 맞으러
화신(花信)의 전령(傳令) 되어
봄맞이 가고 싶어진다

흰 날개 달면
봄바람 타고 절로 하늘을 날겠지

남녘 훈풍 실은 꽃소식 안고
북녘땅에도
웃음이 피어나는 봄 꽃동산
연분홍 진달래 꽃잎 입에 물고
희망의 봄노래 불러주고 싶다

물씬 풍기는 봄향기
나물 캐는 아낙들의 분주한 손놀림
먼 옛날 고향의 어머니를 본다

소생하는 초목산천
봄이 오면
이해 봄에는
봄꽃 한 그루 심어
소박한 꿈 이루러
새롭게 출발해야지

시간과 세월

시간은 계속 지나쳐 세월이 흐른다
시간의 어느 순간을 잡아
내 것으로 만들지 않으면
훨훨 날아 세월과 더불어
다시 오지 않는 시공에 묻힌다

시간에 쫓기다가는
세월에 할퀴고 상처로 남아
초라한 모습으로 차창에 비치는 모습을 보게 된다

열차에 실린 몸
차창 너머 풍경의 지나침
목적지 도착까지 시간과 더불어 가는 세월에 나이를 먹는다

시간은 멈추지 않는다
기다려 주지도 않는다

시간에 편승하여 동화되어 시간을 나름대로 활용하는 자
시간과 동행하며 행복을 누릴 수 있으리라

친구는 가고 없는데

어릴 적 고향 친구
세월에 실려 각자 떠밀려 살다
늘그막 그리움에 수소문
미국에서 달려와 만났고

지난해 연말까지에도
연례로 한 해 소식 연하장으로 전했는데

얼음판 낙상으로 떠났다는 소식
덩거렇게 걸린 연하장
친구야 그립구나

그나마 살아 있다는 증표(證票)로
오가던 연하장
만나자던 말 오간 데 없어

연말이면 보내던 연하장
허공에 띄워
허공에서 친구 불러야 하나
(친구야 잘 가라 명복을 빈다)

실 수

순간의 감정 실수가 된다
메마른 삶에 쌓인 피로의 누적인가
감정 주체하지 못하여 실수한다

인생살이 그렇고 그렇더라도
세속의 감성 벗어나지 못하여
주장만 고집하다 실수하나 부다

가까울수록 사랑할수록
참아야 하는데 자제해야 하는데
더 배려해야 하는데

저지른 실수
되 담을 수 없어 가슴치고 후회한들
이미 떠나버린 화살 아닌가

실수
행동으로 범하는 실수도 있으나
마음으로 저지른 실수
더 큰 상처가 되기도 한다

순간
슬기롭게 참아 넘기는 성숙으로
실수 말아야 하는데

우산 속의 연인

흐뭇한 웃음 묻어 있습니다
배려하려는 애틋함 배어 있습니다
비록 끼니로
라면 한 그릇 나누어 먹었어도
부족함 없고 마음만은 결코 가난하지 않은
오히려 행복해 보이는 연인

눈비 오면 눈비 맞을까
더 덮어 주고 싶은 마음
바람 세차게 불어 바람에 추위 탈까
바람 막아 주려는 마음
따가운 햇볕
햇빛도 막으려는 마음
세상사 어려움 막으려는 마음
서로가 감싸고 살아온 세월 되새기면서
비록 이제는 늙었어도
마음만은 청춘이어서

해를 가려주고
눈비 막아주고
우산이 되려는
우산 속의 연인입니다

우리 어디서 만나는 걸까

같은 시공에 머물다 가는데
스쳐 가는 출가한 스님과의 인연
아니면
천사의 사명으로 수녀가 된
여인과의 인연은

태어나 살아가는 인생길에서
가야 할 길
가는 곳 모른다 해도
어느 모퉁이 도는 순간에서 갈라져
삶이 달라졌는지

어느 인연이면 맺어지고
어떤 인연이 되면 만나는 걸까
구도(求道)의 길은 여러 갈래인데
각자 가는 길 다르더라도
우리 태어난 곳 있어
가야 할 곳 있으면 같이 가고
언젠가 어디에서 만나야 하지 않겠는가

바다도 멀리 가면 수평선에서 하늘과 맞닿고
땅도 멀리 보면 지평선에서 하늘과 맞닿는데

인생길 멀리 가면 하늘과 맞닿는 곳
우리 인생 맞닿는 그곳에서 인연이 되어
좋은 인연으로 만나지 않을까

행복감(幸福感)

반려자(伴侶者)로 곁에 있어 주는 것만으로도
외롭거나 불행하지 않습니다

유행하는 신상품 세일한다고 구름 같은 인파에서도
사고 싶은 생각 없음은 현실에 만족함입니다

목련화 새하얀 색의 마음가짐
부족함 없어서겠지요

현실을 감사함은
불만이 없어서이고
불신이 없어서이고
불행하지 않아서입니다

가냘프더라도
언덕배기에 핀 제비꽃
봄이 왔음을 알리고
본연의 삶에 조용히 그리고 충실하여
따스한 햇살에 심신이 녹아
오가는 사람들에게 웃음을 주는 자태에서
사랑이 묻어 있음을 봅니다

잔잔한 웃음을 머금게 하는 순간
순간이나마 마음이 평온해지는 기분
마음이 가득 차서겠지요

축 복

오늘을 감사합니다
희비(喜悲)는 늘 우리 곁에 함께하여도
생각에 따라 행불행이 엇갈립니다

이 순간 행복에 겨움
축복입니다

이 순간을 비관한다면
오늘이 불행으로 남겠지요

견디기 힘들어도
축복으로 받아들이면
오늘이 행복으로 남습니다

축복의 마음가짐
바로 행복의 길목입니다

일

일이 있음은 축복입니다
나이 들어도 할 일 있어
더더욱 행복합니다

일을 만드는 사람
스스로 행복 만들 줄 압니다
일거리 찾아 헤매는 순간
그 순간이 이어져 행복의 길로 연결됩니다

가을걷이 농부의 뿌듯함
땀 흘려 거두어 수확하여서랍니다

일에 온갖 정성 쏟아 붓고
최선 다한 때
정직하게 결실로 가득 채워집니다

일이 있음은 축복입니다
일거리
스스로 만들어 최선 다 할 때
무지개 꿈 이루어지겠지요

낙엽길

낙엽 밟으며
낙엽길 나서면
옛날이 되 다가와
어릴 적 고향친구들 눈앞에 어슬렁거린다

쌓인 낙엽 밟는 소리
낙엽 덮인 오솔길 돌아서면
소식 없이 갔다던 친구
행여 반겨 맞이할 것 같은 기대에 들뜬다

한 살이 마무리 길이라서
곱게 단장하고 떠나는 모습으로
오솔길에 쌓였는데
낙엽 따라 정처 없이 훌쩍 떠나고 싶은 충동
가을 탓만은 아니리라

낙엽 밟으며
낙엽길 따라 나서면
어느새 고향으로 가고 있는 자신이 보인다

낙엽길
어린 시절 그러했듯
무한한 상념(想念)에 빠지게 된다

계절에 민감해지고
그리움 물밀 듯 밀려오는 것
이제 무척이나 늙어버린 자화상이
낙엽과 너무나 닮아서인가

가 을 밤

산 넘으면 고향길인데
어릴 적 친구들 애타게 그리운 계절
귀뚜라미 밤샘 노래 소리에
고향길 따라 서성이며
꼬박 이 밤 지새겠구나

달빛에 비치는 억새꽃
온통 보이는 세상은 은물결
하늘하늘 춤추듯 손짓하는데

피리라도 불고 싶은
휘영청 밝은 달밤
달빛따라 고향길 들어서면
금방이라도 버선발로 뛰어 나와
맞아 주실 것 같은
어머니 환상에 소스라친다

가을밤의 허전함
계절 탓인가
가을걷이 알곡이
이 가을
곳간에 가득 채워지지 않은 탓만은 아니리라

차 한 잔의 정

희미한 등불 사이
구수한 만큼이나 정겨운
갈색의 차 한 잔

엊그제
말 한마디 노여워
못내 가슴 깊이 앙금으로 남았는데

모락모락 피어 서리는 갈색 내음에
마음속 오감 스르르 녹아내린다

오랜만의 고향 친구
마주한
한 잔의 차
그 간의 궁금증
희미하게 안개 되어 걷혀간 그 자리
어느새
무지개 좇던 옛날로 되돌아간다

한 장의 달력

저녁노을 석양에 물든 바닷가에 서서
펼쳐 보는 남은 한 장의 달력
뜯겨 나간 달력 속의 그 많은 사연들
지나온 삶이 추억으로
고스란히 담겨져 떠오릅니다

산 위에 올라
올라 오른 산길을 내려다보듯
멈추지 않고 지나쳐가고 있는 남은 한 달
한 해 마무리하고 뒤안길에 서면
한 살 더 먹고
인생살이에 지친 한 늙은이
한 장의 달력에 매달려
신호를 기다리며 서 있는 자신이 보입니다

지난 시절로 묻혀버릴
버둥대며 살아온 되돌아가지 못할 세월에
손 흔들어 고별할 채비라도 해야지요

한 장의 남은 달력 앞에서
조바심 앞서는 것
허송세월의 자책인가
더 보람되게 살아야 한다는 소망에서일까

이해가 가기 전에
비록 남은 한 장의 달력에라도
길이 간직될 추억을 채워
조그마한 위안으로 기억되기 빌어 봅니다

사 랑

주는 것으로 행복합니다
안개 되어 피어오르는 순박(淳朴)한 마음으로
주고 또 주어도 바라지 않는
따스한 미소로 돌아옴으로 행복감에 젖어듭니다

백합이 순백하다면
백합보다 더 흰 행복 사랑에서 옵니다

아침이슬 머금은 들꽃 아름답듯
이슬 머금은 영롱한 사랑의 마음 더 아름답습니다

사랑에 색깔이 있다면 흰색이겠지요
주는 마음 하얗고
베푸는 행동 또한 하얗고
아무도 걷지 않은 설원의 흰 눈길
사랑하는 사람 가슴에
흰 발자욱으로 남겨지기 염원하는 마음입니다

사랑에 향이 있다면
은은히 피어 퍼지는 천리향 향기겠지요
천리만리 너머 사랑하는 사람에게 다가가
해가 다시 솟는 시공(時空)에서
마음이 담긴 향기로 전해져 그윽한 그리움 되어
메아리로 되돌아옵니다

생각하는 사람

약육강식(弱肉强食)에서 벗어났습니다
생각 없는 사람
동물의 본능 그대로 살다 갑니다
생각에 미래 행복 그리고 선악의 선별
행불행 헤아려 사는 지혜
봄 여름 가을 겨울(喜怒哀樂) 그 안에 있습니다

생각하여 행동하는 사람
실수 되풀이 않아
미소 머금은 승화된 사랑으로
서로에게 베푸는 배려 품고 삽니다

한 번 생각으로 희망이
더 한 번의 생각으로 천하를 얻을 수 있습니다

미래 바라보고 생각하는 사람
미물은 따라 할 수 없는
올바로 사는 사람에게 내려지는 축복이지요

이제 짐 내려 놓으세요

등에 진 짐 무겁지요
더 무거운 게 마음의 짐이랍니다

짐 지고 있으려니
몸도 마음도 무겁습니다
욕심 욕망의 짐 전신 짓누릅니다
빚진 마음의 짐 한층 더 무거움 느껴지겠지요

허망한 욕망
부질없는 욕심
봄 씨 뿌림 없이 가을 수확 기대하는 꿈

이제 짐 내려놓으십시오
짐 벗는 순간 홀가분해집니다
짐 내려놓는 순간부터 평온함이 온 마음 차지합니다

원한이 용서로
미움이 사랑으로
부정이 긍정으로 다가옵니다

짐 벗으십시오
마음 비우세요

무거운 짐 진 인생살이 불행 부릅니다
이제 모든 짐 내려놓으세요
가벼운 마음으로 새 출발하세요

더불어 사는 삶

혼자 있어도
혼자가 아닌

바람 불어
낙엽으로 떠나더라도
바람 따라 떠나는 세월 속에서도
지켜주리라 믿음이 갑니다

가난이 죄가 아니기에
따스한 햇살 받아
정감을 속내에 품은
가냘픈 들꽃이어도
외롭지 않음은
더불어 사는 사랑하는 사람이 있어서이고
몸 떠나 있어도
마음 늘 곁에 있어서입니다

더불어 살면서
배신은 죄악입니다
더불어 살면서
희생정신 바로 행복으로 이어집니다

한때 바람 앞 촛불이었어도
촛불이 타서 세상 밝히고 싶었고
내 한 몸 타서라도
더불어 사는 세상 밝히는 삶을 바람으로
더불어 사는 삶에서 밝은 미래가 보입니다

팔순(八旬)

나이로 먹은 숫자가 팔순인가
몸은 세파에 찌들었어도
마음만은 청소년에 머물고 싶은데
시샘 많은 세대들 늙으니 철없다 하겠지만
삶이 도태되는 척도인지

한세상 떠돌다
저 먼 고향을 수없이 그림은
안착하려는 귀소본능에서이겠지

한 세상 보람되게 산 사람
아득한 하늘 먼 나라 바라보는 나이기도 하고
수양을 했다면 경지에 이를 나이이기도 하다

어떻게 살았느냐보다
무엇을 하였고 무엇을 남기고 가는가를
되돌아볼 시간이 아닌가

따뜻한 밥상 받고 친지들 만나고
그 많은 세월이 부끄럽지만은 않아 감사한다
오늘이 축복이었다면 보람된 삶이겠지만

팔순
숫자로 멀리 흘려보낸 시간들
먼 시공에서 자아를 되보는 이 시각보다
앞으로 남은 숫자
얼마나 충실하고 보람된 삶이 되려는지
조바심이 앞섬은 그도 나이 탓이겠지

수 확

부자 농부에게 물었다
어떻게 해야 당신처럼 가을에 많은 수확 거두냐고
농부는 말한다
봄에 일찍 일어나 씨 뿌리고
여름내 뙤약볕에 온종일 비료 주고 김매고 약 뿌리고
가을에 늦지 않게 거두라고
수확은 노력의 대가이기에 노력에 따라 거둔다고도 한다

군인에게 물었다
어떻게 하면 당신처럼 무공훈장 받느냐고
그 군인은 말한다
비 오듯 쏟아 퍼붓는 총알 뚫고 슬기롭게 전진하여
적 고지 점령하라고

누가 늙은 기술자에게 묻는다
어떻게 하면 당신처럼 나이가 많아도 종사할 수 있냐고
그 늙수그레한 기술자가 대답한다
젊어 자격시험 합격한 후
평소 꾸준히 기술 연마하라고

정상에 오른 사람 부럽다
낙오하지 말고 끈기로 쉬임없이 오르면 정상에 도달하는데
다른 사람 해 놓은 일 쉬워 보인다

젊어 하나 하나 해결해 간다면
정상에 오르고 많은 수확하고 늙어도 일을 하는데

그 당시 일 힘들다 편하게만 산다면
시간가고 세월 흘려보내고
늙어 힘 빠지면 어떤 수확이 있겠는가

행 복

행복은 꿈이 아닙니다
꿈에서 태어나 현실에서 승화하는 노력의 결실입니다

농부는 땀 흘려 노력으로 거둔
수확의 기쁨에 행복을 실감합니다

가장은 가정의 화평에 행복을 누립니다
어린 시절 무지개 좇아가던 무지개 시작하는 곳
오작교 걸려 있고 건너면 행복이 있다고 꿈꾸며 자랐고
정월대보름 달님에게 행복 빌면
이루어져 행복이 오리라 믿었습니다

성장하여 바라던 일 이루어져
거기에 행복이 있음도 깨달았습니다

순간의 행복 찾아 나서면
조그마한 곳에 행복이 다소곳이 맞아 준답니다
계절 따라 피어나는 아름다운 꽃에서
새들의 지저귐
하루해 시작되는 이른 새벽의 맑은 공기
아가들의 해맑은 웃음
걸인에게 건네는 따스한 손길들
이들이 행복의 씨앗입니다

현실

행복이라 느끼면 행복으로 다가옵니다

행복은 언제나 우리 곁에 있습니다

어떻게 잡을까요

각자 하기 나름이겠지요

내세경(來世鏡)

축복으로 현세경(現世鏡) 지니고 태어났습니다
살아가는 동안 현세는 눈으로 보며 산다지만
내세(來世) 보이지 않습니다
내세 있는지도 모르는데 볼 수 있나요

해맑게 웃는 천사 같은 아이나
간음한 여자에게 돌 던질 수 있는 죄 짓지 않은 사람
아니면
산속 암자서 구도(求道)로 열반한 스님이
극락에 갔다거나
수녀님 되어 세상 물욕 벗어나
불쌍한 인간에 팔 뻗어 죄에서 건져주어
죽은 후 천당에 갔다면 이들에게는 내세경
속내에 품고 살았다 하겠지요

그도 아니면
평소 시주(施主) 많이 했거나
헌금(獻金) 많이 바쳐 면죄부 상으로 받은 지 모릅니다

동물적 쾌감의 사랑이 아닌
진정한 베풂으로 배려하는 마음에서
사는 동안 마음속 깊숙이 잦아드는 평안함이
내세경은 아닌지요

146

5

사랑의 편지

사랑의 편지를 공개합니다

50여 년을 살면서 부부싸움 모르고 살아왔습니다.

인생살이 살다 보면 이런 일 저런 일 수없이 반복됩니다. 50년을 살아가노라면 사람 사는 게 그렇듯이 좋은 일, 나쁜 일, 하고 싶은 말, 하지 말아야 할 말이 있음에도 성숙하지 못하여 실수도 하고 후회하는 일도 있을 수 있겠지요.

얼마 전 술 문제로 아내와 다툼이 있었습니다. 건강에 좋지 않으니 적게 마시기 바라는 마음 잘 이해하면서도 술을 마시게 되고 남자들 직장, 직업 핑계로 어쩌면 술에 기대려는 일이 살다 보면 흔히 있듯이……

아침 출장길에서 그러고 집 나서는 것이 편치 않았고, 아내 또한 생전 처음 그렇게 보내는 남편 출장길이었으니 종일 마음이 편치 않아 후회스런 마음 담아 오랜만에 편지를 받고 주게 되었습니다.

편지 받고 주면서 다시 한 번 서로의 소중함과 사랑을 확인하게 되어 이때의 편지를 더하고 빼지 않고 이번 시집에 포함시켰습니다.

이 편지 또한 서로의 사랑이 담겨져 있어 약간 쑥스럽기는 해도 공개하기로 결정하였습니다. 많은 이해 바라면서……

세상에서 하나 뿐인 당신께 | 아내의 편지

월요일 아침에 기분 상해 나섰을 당신을 생각하며 나도 많은 눈물 흘렸답니다.

이 세상에서 우리가 바로 서지 않으면 세상에 존재하는 우리 아이들과 친지들이 후세에 우리를 어떤 눈으로 볼 것이며 또 평을 하겠어요?

당신도 나뿐이라 생각하지만 나 또한 천지에 당신뿐이라는 것 잘 알잖아요.

긴 세월 살아오면서 내가 당신을 생각한 것 이상으로 당신이 나를 아껴주고 사랑해준 것 잘 알아요. 그런데 당신을 보는 마음이 너무 가슴 졸이고 쓰라린 것은 왜일까요?

우리의 생, 얼마 남지 않았는데 예전처럼 당신을 생각하고 나를 생각해 주었으면 해요.

여보, 내가 정말 당신 사랑하는 것 아시죠?

내가 보기에 요즘 들어 당신이 술을 정도 이상 드시는 것 같아 너무 마음이 아픕니다. 잠깐잠깐 당신 감정이 격해지는 것도 보이고요. 얼마 남지 않은 생, 당신도 내 의견을 꺾지만 마시고 나를 위해 고쳐 주면 안 될까요?

사랑하는 당신, 조금은 당신에게 고통이 따를지 모르지만 당신은 해주시리라 믿고 싶어요. 나 자신도 단순해서 당신께 사려 깊지 못한 점 많겠지요. 그러나 당신께 원하는 그 조금은 안 될까요?

지금 당신을 생각하면서 당신께 부족한 내가 받았던 많은 사랑과 포근히 감싸주었던 지난 세월들이 주마등처럼 스치면서 한없이 한없이 눈

149

물이 흐르는 것은 나의 자책의 탓인가요?

세상에 더없이 큰 당신, 제가 평소에 표현은 잘 못했지만 깊은 마음속
엔 항상 감사함이 자리 잡고 있답니다.

한편으로 누가 먼저 아파 누울지는 모르지만 당신이 병실에 누워 있는
생각을 하면 소스라치게 놀래지네요. 우리 사는 동안 건강하게 살다
같은 날 갈 수는 없어도 비슷한 시기에 앞서거니 뒤서거니 했으면 하는
바람뿐이에요. 나의 좁은 소견은 당신을 위해 싫은 소리 잔소리할 사
람 나뿐이란 생각이랍니다.

좀 더 좋은 평과 인정을 받는 당신이기를 바라는 욕심이 생기는 것은
왜일까요?

억지로 당기는 술 때문에 당신 위에서 당신을 보는 시선들이 없었으면
하는 바람이랍니다.

당신 속 좁은 저 때문에 마음에 너무 상처받지 마세요.

당신의 인정을 받으며 예전처럼 군림하는 당신이 좋은 걸 어쩌겠어요.

많이 많이 죄송하고 미안해요.

당신을 사랑하는 아내 올림

사랑하는 사람 당신에게 | 남편의 편지

당신과의 동행, 반세기

당신 만남을 축복으로 감사하며 살고 있답니다.

가볍게 던지듯 건네는 말의 속내는 그러지 못하면서 그 말이 이따금 당신에게 아픔을 주게 되어 못내 부끄럽기도 하고, 숙련되지 못한 모습을 보여 후회스러운 것은 양심의 가책에서일까요?

당신의 편지 보면서 행복에 겨워 눈물이 흐름은 당신이 지켜주고 있다는 확신에서겠지요.

사랑합니다.

진정 당신을 사랑하면서 살아왔고 이 삶에서 행복을 느끼며 살아가고 있습니다. 당신의 편지에서 당신의 사랑을 느끼면서 더더욱 행복합니다.

이제 여생, 즐거운 동행이 되어 반려자(伴侶者)로서 서로를 위하여 살아가기로 합시다.

내 삶이 당신의 삶이요 또한 당신의 여생이 곧 나의 여생이므로 삶을 융화하여 살아가는 날까지 건강한 즐거운 동행자가 되겠다 다짐합니다.

나와 당신이 동행하는 길, 하나님도 축복해 주시리라 믿습니다.

인간으로 태어났기에 허물을 업으로 지고 태어났습니다.

부족함은 서로가 덮어 주고 감싸 안으면 따뜻하고 평온한 여생이 되리라 믿습니다.

사랑합니다.

2011.9.4. 아침

사랑하는 사람 당신의 남편

편집을 마치고 ──

『사랑하는 사람』의 2집으로 『사랑하는 사랑 당신』의 편집을 마치고 후련하면서도 나이를 실감을 하게 됨은 세월이 흘렀다는 현실을 실감하게 되어서겠지요.

사랑하는 사람을 만나 금혼식까지 함께 한 지난날이 새삼 축복이었다고 되새겨 보면서 아내에게 고마움을 다시 느끼게 됩니다. 그리고 태어난 1남 2녀 또 장손녀까지, 이 모두 감사하고 고마움에 가슴이 벅참은 지난 세월이 헛되지만은 않았다고 생각합니다.

2집 『사랑하는 사람 당신』의 편집, 사진정리, 발간까지 주야로 수고하여 아들 주현승이 마무리를 하였고 발간에까지 솔선 주선하여 주어 더욱 흐뭇합니다. 큰딸 주현영, 사위 김한규, 막내딸인 주현정, 우리 예쁜 손녀 주하윤까지 합세하여 마치게 되었고, 금혼식에 맞추어 모두가 하나같이 뜻을 같이하고 지원하여 무난히 결실을 맺게 되어 여한이 없다는 생각이 듭니다.

이 『사랑하는 사람 당신』을 사랑하는 사람 아내 강유덕 님에게 금혼식 기념으로 선물로 드립니다.

『사랑하는 사람 당신』을 나누어 보는 친지 이웃에게도 공감이 간다면 더더욱 보람이라 생각합니다.

발간을 위하여 수고하여 주신 한국학술정보(주) 채종준 사장님께도 감사를 드립니다.

2014년 금혼식을 즈음하여

지은이 주재욱

사랑하는 사람
당신
續 사랑하는 사람

초판인쇄 2014년 6월 9일
초판발행 2014년 6월 9일

지은이 주재욱
펴낸이 채종준
기 획 지성영
디자인 이명옥
마케팅 송대호

펴낸곳 한국학술정보(주)
주소 경기도 파주시 회동길 230 (문발동 513-5)
전화 031) 908-3181(대표)
팩스 031) 908-3189
홈페이지 http://ebook.kstudy.com
E-mail 출판사업부 publish@kstudy.com
등록 제일산-115호(2000. 6. 19)

ISBN 978-89-268-6175-2 03810